濫情詩

睡不著的時候也跟你一樣嗎
聽歌，在螢幕前面找尋可以聊天的對象
或是寫寫字
看著別人的照片
看著你以爲會愛他愛一輩子的照片

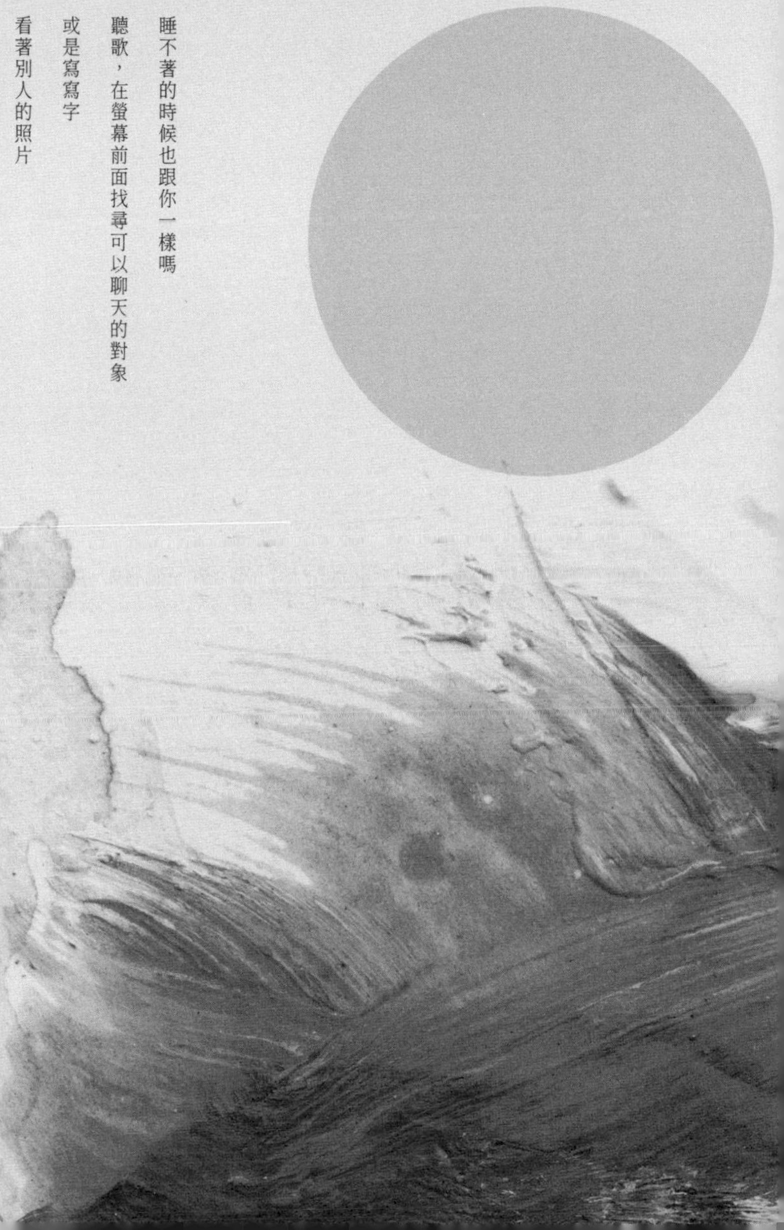

莊東橋

Peace Piece

這裡是小城市的邊緣，鄉下的空氣混著雨後的泥土味。

聽著 Bill Evans，我想起之前在那個大都會獨自生活的日子。這樣的回憶，就像是拿著滾輪黏著地板的毛髮般，看似只有一點毛屑，但黏起來卻發現好多灰塵。

聽著 Peace Piece，也想起之前度過的憂傷時光，那時，我如何以寫作排遣寂寞與孤獨，如何抒發心中的抑鬱與沮喪。

聽著妳的語音訊息，在晚安的音訊後妳又錄製了早安，自那我也曾待過的大都會，我彷彿聽見了自己在那城留下的腳步聲。

妳的聲音略帶時差，那是屬於夜晚的早安。

所有的日子都區分成兩種，給予愛的與缺乏愛的。

我應該要像妳聽見不遠處的教堂鐘聲一樣，又或者是轉角那間定時提供好吃的麵包店一樣。

我應該，不抱有任何期待地與妳通訊，帶著適合緩慢度日的步調，比如間隔一日到兩日的回覆訊息，或是因著彼此的行程而失去訊號。

這裡是妳也生活過的小城市，在這個夜晚我試著以音樂與回憶呼叫曾經年少的我，以妳為名，以妳的聲音為定點，我的文字忽然可以跳躍，我的思念忽然有著可落之處。

我不抱著任何期待地與妳通訊，在這個沒有什麼期待的日子裡，平靜是我唯一的驕傲。可以與妳訴說的只是瑣事與困擾，但那完全不是什麼重要的事情，至少我這麼認為，妳那輕鈴而細柔的笑聲解決了一切。

這裡是小城市的邊緣，鄉下的空氣環繞著我，如果可以，此刻想以此與妳問好。

夏天的早晨

妳想想看有一個機場
在這樣的早晨
滑翔機用巨大的夏天
無聲地降落在妳買好的吐司上面

有一天早晨，我覺得自己是一張信紙
從床裡被抽出來

妳想想看，湖泊
裝滿了冰涼的氣泡水
吐司把自己鋪好，用香草抹著身體
我剛好滑翔過上空

我只想被妳閱讀

最快樂的時候

秘密地生一窩兔子
走到海邊任其奔跑
想著，不要再工作了
不要想人生
但是愛太多種
也非單向

秘密地告訴愛人
我不是那樣的愛人
走到海邊撿起兔子
安靜地傍晚在臂膀內像是平靜的浪

撫摸著就像回到家
回家，告訴愛人
我不是那樣的愛

秘密地生一窩兔子
在海邊
奔跳找食
動和不動都像極了浪花
不愛了不愛了
如果是那樣的愛
那也不要再想著人生
愛太多種
人只有一次可以狠狠地碎

第二根菸

為了最糟的生活，為了最好的生活
站在陽台
那年二十歲。

第二根菸，為了最糟的生活
為了最好的生活
站在別人家的陽台
三十歲。

《挪威的森林》
小說、在床上分兩次讀完

電影、漂亮的運鏡
想起那年遇見妳，二十歲
在妳床上，二十三歲
離開，在異國的電話亭。

二十五歲，藝術學院。
第一根菸，離開教會。
在另一個女人床上，寫詩。
沒有陽台，有個面對庭院的窗。

為了最糟的生活、為了最好的生活
和所有人見面、聊天、看社會如何運轉
陽台，又是陽台
看著建築物和夜晚的燈
車子的聲音

愛你的人仍在南方的浪上等著

你不是孤島，卻想像著自己是
或是活著就是孤獨
而島嶼是我們的命

你不是島嶼，卻必須是
夜晚的雨滴特別入你心
但只要有一盞夜燈
你就可以想像成月亮

海邊呀海邊
睡不著的時候也跟你一樣嗎

聽歌，在螢幕前面找尋可以聊天的對象
或是寫寫字
看著別人的照片
看著你以為會愛他愛一輩子的照片

這輩子你就離不開海了
島嶼是你的命
寒冬的浪就是你的憂傷
夜裡的燈是你的月
愛你的人仍在南方的浪上等著

他總有一天會成為她的雨水

她藍的時候是秋天晴朗
是快要成為情侶
在某次因工作而相遇
他笑開了
或因為天氣轉涼
日子漸入平淡
整個夏天，他從未下海
卻在海邊住了好久
期待的藍天就要走了
為了她自己的生活

他雨的時候更加沉睡
更加想念藍天，每次
經過家門前那片灰色的海
都想起自己快樂的樣子
是還沒成為情侶時的情詩
是想盡辦法偷牽她的手
是與她同進一處暗室找尋燈的開關

她其實是冷冷的紫色
經過他讓他迷戀
離開他讓他迷惑
她的海沒有雨，卻喜歡用大浪拍打礁岩

他走進來我的房間，當時我已經整理好我的行李準備坐車回巴黎，他走進來，他還得在倫敦待上兩天，他走過來，他走過來而且看著我，他的右手，他的右手摟著我的腰，他閉上眼睛，他閉上眼睛親吻了我；而我也閉上眼睛，我也閉上眼睛親吻了他。

偶爾，在天色與氣溫合適之時

列車在這站換了方向
隨著景緻變換
陽光也換了方式進來
詢問閱讀中的妳
可以讓我檢查車票嗎？

不慌不忙地經過了丘陵與牛群
遠方雲朵堆積在一起
像是討論著今天的天氣應該要如何
妳的心思夾在書裡像是書籤
眼神終於捨得飄向遠方

的情懷深蘊著國家與戀人

查票員已經走到最後一節車廂
但我還在這邊停留
的時候像是暮色降在妳的思緒裡面
今天，靈感有像我一樣地前來拜訪妳嗎？
或是哲思已經占據妳的腦
讓妳的思考像是那個城市的閃電
倜促地落在最高的教堂頂端

終究妳在這邊下車
我是隨列車往前又搖晃地燈擺
是每個旅客的黑影
偶爾，在天色與氣溫合適之時
以坐在妳斜前方的角度
看著妳

把妳可以收到明信片的地址給我

把妳可以收到明信片的地址給我
我會替妳先走這些長長的路
星期六下午
我也會翻閱法文版的小王子
或是當個冒泡的啤酒
在浴室裡
唱著屬於遠方的歌曲
不管是鼓聲若響還是旅行的意義
我會替妳先走這些長長的路

把妳的地址給我

我會讓陽光成為郵票
如果妳也是集郵狂
如果妳也是向光的花兒
或是擅長清澈的雲
在字裡行間被風吹散
長長的路，長長的旅行
好好地寫封信

我會替妳先走這些長長的路
簡短的字句先昂揚在明信片上
昂揚像是夏天正午
如果妳也躲在陰涼處
如果妳也在期待夏天的樣子
不管是旅人的背包還是地鐵票
我會想要將這些放在明信片

明信片有光
明信片明亮
把妳可以收到明信片的地址給我
我會好好地寫信
讀些喜歡的書
走段長長的路

水母漂的愛

我們邊看電視邊聽蕭邦
偶爾側身說抱歉．
讓陽光，下午
一趟一趟接駁夏天影子

菊花茶和沙灘
鴿子不時擋住白雲抱怨草坪的視線
金黃色髮辮小女孩用氣球上升
托住跌倒的時鐘

我們喜歡分心

就像妳數鈔票我寫詩
就像鈔票讓妳想起婚紗而我想起微波爐
我們於是同時起身
卻又再次分心地想起愛情

就像我們同時想起海洋
曾經是一群水母裡擺褶而上
透明的散步
忽然妳跟我說想當一隻白兔
而我只好成為一營戰車
妳說鬱金香，我說什麼時候回來洗衣服
天氣晴朗

我們坐好然後繼續刷牙
用泡沫蓋起一座城

妳梳頭髮，我刷油漆
我愛煮菜，妳跑去打鼓
有一天妳真的帶了一隻兔子回來
說牠跟我一樣呆呆的很可愛
我卻擔心牠會不會把鬱金香的球莖給啃了
六月的六月
我們各自乘著一朵雲
在擁抱的時候
水果杯裡的冰塊咖啦一聲

讓那些屬於溫暖的黃色通通都知曉

我想跟妳說的話，都是蜂蜜
是每個辛勤的蜜蜂
順延著軌道
從太陽系
從日常生活裡
妳的口袋
妳開開合合的心
妳手邊剛停下的工作
便利貼，黃色的向日葵
我貼近妳，
我是妳真正的花粉

我愛妳
妳是花瓣上的脈
顏色通過都經由妳

妳想說的，我都聽見了
妳猜不到的，我都幫妳想好了
都在泡好的陽光裡
蛋黃都跟我說了
黃色的檸檬和黃色的芥末也跟我說了
那一刻，妳是琴聲
太陽系來的蜂群，或是向日葵
妳是那樣的音符，一朵
又一朵在我耳邊盛開
妳是那樣告訴我的，妳所有想說的話
讓那些屬於溫暖的黃色通通都知曉

妳想說的，月亮當然知道
都泡在陽光裡了
都泡在下午，都泡在黃色的夏天

我們都聽見了，那些想說的
都是太陽系外出產的蜂蜜
蜜蜂都在銀河採蜜
我們吃下煮熟的蛋黃
黃色的午後和黃色的後院
黃色的跳繩黃色的鞦韆
黃色的頭髮小女孩的
我們透過裝著蜂蜜的玻璃罐看著太陽
妳的眼睛是太陽般的蜂蜜
我們是蜜蜂，我們穿上黃黑條紋
我們毛絨絨，像黃色小鴨

祝我們健康，並且可以祝福別人

祝我們健康，並且可以祝福別人
祝我們有能力捐贈，並且不失去勇氣
祝我們的山有恰好的雨水
祝我們的日落有一個自己的家庭

如果我沒有等妳
那祝我的風可以再回頭迎接妳
我的風會聽令著我們的神
我們的神會聽著妳
如果妳日夜祈禱
那祝我的手也能常常緊握

緊握不多的時間
緊握懺悔的機會
緊握妳
妳看著海，妳的眼
把海託付給我
我緊握著
我們一起祝福這片海

讓海也可以祝福
那些航行的
星子、鯨豚、流浪的人
祝福他們抵達之時
有個乾淨歇腳的地方
祝福在沙灘結婚的新人
有一個合適的月色

祝福我們健康平安
祝福我們的產業有恩典
祝福我們謹記憐憫的重要
我們同樣也相當需要
祝福我們
不要被今生的驕傲所矇蔽
祝福我們知道我們自己是誰

祝我健康，如果妳沒有等我
我會每日在早市裡
挑選妳愛吃的蔬果
為妳烹煮切食，將妳所愛
吃進肚裡
祝我健康，綠色蔬菜
紅色的果類，祝我今天好心情

如果妳沒有等我
我在盛夏的日子裡會像秋天一樣
等著妳來豐收我

豐收我的幸福
也豐收原野上的露水
祝河流幸福
祝早起的霧氣永遠珍惜晨曦
讓蹦跳的野兔可以知曉
野花綻放的那刻
祝我們健康、幸福
我們的神
祝我們滿有平安
也祝妳有在小木屋裡看雪的溫暖

並祝我的翅膀可以帶著妳飛向彩虹
祝我們健康、幸福
並且同樣能祝福別人
讓我們的祝福可以知曉
水往低處流的喜樂

夢遊也要相親相愛

關於雪歇寺裡有兩扇會下雨的鐘
敲一下
蝴蝶會飛往妳那一趟
敲兩下
餅乾剛好烤熟
敲三下
我們開始夢遊

就像森林裡有山豬守候
山上會有神木咳嗽
我們夢遊也會有個目的

紙攤開開始畫地圖
畫著畫著發現筆的盡頭有寶藏
還有一個小小骷髏頭
一個大大的叉叉
以及一個兔子專用鬧鈴

我們帶著隨身聽起行
妳聽妳的西藏之歌
我聽我的春光乍洩
不想牽手的時候
就讓耳機的線糾纏在一起

我說天氣微涼
妳說天氣微恙
該是野餐時節，開花也好

喝個檸檬也得加點銅鑼燒
彷彿得這樣才算是相親相愛

入冬了

但我們的季節
卻從沒有彼此相遇

妳看月亮
月亮如荒城空蕩
我們的字跡
也如幽魂般交談

妳看這裡
這裡的煙囪好美
想像每個紅磚蓋起的監獄

裡面都在研磨麥子
烘烤著餅乾

啊　入冬了
而我們的季節
卻還沒有相遇
如果我是記憶裡
深藏不露的看守者
那這整座城
希望永遠都會是童話裡
忘記關門的小木屋

雨天，想像自己是一片剛烤好的土司

準備旅行
讓自己跟不上來

妳會不會這樣呢，說：就去吧，記得好好發呆和睡覺
記得窗外飛馳景色是呼吸間
停頓一隻鳥
拍拍翅膀
一個田畝又過去
妳會不會記得以前旅行，我和妳獨自旅行
妳在我內心說：要堅強
雨天，想像自己是一片剛烤好的土司

躺在床上，等待時間重新來軟化
火車又會怎樣停靠站台
要不要匆匆一瞥呢
妳要不要趁這時候大聲呼喊
還是用力呵氣，讓窗戶有霧
妳在我肩膀種下不知名的種子
某個旅程之間，我以為陽光很好
有些咖啡在晃動時潑撒出來
妳向我說過：對不起。
以為可以一起成為在桌上的咖啡漬
要圓非圓，總有個缺口
乾淨的褐色讓我想起有一天妳的眼睛
哦，妳的眼睛
我也曾向妳說過抱歉嗎，這些日子以來
妳好不好

妳曾經這麼堅定地注視著我，而我也以為妳的擁抱就這樣抱到我的靈魂。

以為那個晚上我要離去而妳的眼淚在我肩膀上，在去機場的路上妳這麼安靜。我也回應了妳的堅定，不管我旅行到哪，我總是感覺自己的內心有一個被擁抱過的印記。甚至眼淚，我甚至信任著妳的眼淚。

妳曾經這麼堅定地看著我，我躺在妳腿上我們一起，我們曾經用同一個節奏呼吸。然而秋天來，妳說：對不起。

下雨，巴黎這邊在下雨，聽說台北也是。我不想再和妳說話了，可是仍會想起，或是想著，妳好不好。

Re:〔紙船〕雨天，想像自己是一片剛烤好的土司

回信給自己：

旅行完後還是沒有完全整理好自己的失去

失去戀情之後我很快就復原
但是更深的那部分沒有時間整理整齊，只能說是草草地塞進衣櫃
我應該需要緬懷，需要記憶
需要向那段美好的幸福致上淺淺的微笑
而我是這樣認為
那才可以迎接另一個開始

在旅程中我睡著了，我以為我會在車上想起過去的一切
但是沒有，看著窗外冷寂的冬日景色
去程是夜景，流動的燈光和異國的語言
回程是雪景，白與黑的世界快速而過
我忽睡忽醒
腦中沒有特別想起的人
也沒有可以回憶的事
沒有音樂，也沒有詩句
週遭的旅客似乎都是要去首都過節
新年與聖誕的氣息已經濃厚

這是今年最後的一個旅行
之後妳就真的只是回憶，是某年的一個女孩
而我還是往前

驟雨

妳來了
而我已經為妳
遺忘了一座城堡
甚至點起燈火，當森林沉睡
想像著狼的爪子磨在門階上
我夢見過這一刻
妳來之前的等待時光

我用時間摺起紙鶴
一年一隻
掛在風和鈴聲的交接口

搖椅上
看著翅膀和翅膀重疊
就像天氣晴朗時
客廳裡的吊扇會如同直昇機般
將時鐘帶回原本的速度

驟雨
早熟的秋天
妳在門外穿鞋
我在車站道別
小嬰兒
吐奶後便在懷裡睡著了

深夜，回憶與欲望需要合適的場所來置放，那地方或許能被稱為家。

屋子

1.

清晨

還沒有車子經過佈滿落葉的道路

2.

與其說你合身於這臥室
不如說
你更接近遠方平原那棵人樹

3.

遇見你後
心底愈見澄澈
像是在風雨之日
坐落於窗前
看著樹隨風搖
聽音樂
手邊攪拌著紅茶

4.

穿起來很合身
針織上衣
和你的毛帽
拖著腳上的呢絨軟鞋
在室內。
下午六點
已經飄來馬鈴薯燉肉的香味
聽見盤子與湯匙聲音

又丟一根稍微短但粗的木
灰燼與火焰因為新成員而起身讓位
再坐下
與我繼續談論關於一間屋子該有的靈性
比如深夜保持低鳴

破曉時緩緩起身
不驚動也不拘謹地
往早晨走去

5.

來回書房
坐墊上毛茸茸一團
是小貓
臥床上是你
昨夜在這待太晚
不小心睡著
抓著毯子
踢著書本

我在找一些資料
想要一邊繞著地球儀
一邊寫點東西

音樂的音量大約只蓋過你呼吸聲一點

我喜歡這個時候
翻閱書頁
紙張輕輕磨過另一張紙

小木馬

1.

此刻是夢裡的早上
剛生完孩子
長髮盤起
身旁的男人說：
你更美了

此刻，雙人床上
像是秋日上午的公園
孩子在爬
你還在睡
睡得很熟

2.

此刻，
你隱身在相片與相框中間
不說話
捉迷藏似

讓青草爬滿你身
讓想哭的慾望與你同在
讓柔軟認識你
不說話
寂寞的指尖沾滿甜食

此刻，相片反射著光
笑容和笑容都發出聲音
清脆地像是春天的鞦韆

一隻小木馬
讓你開心

3.

讓你開心的
是石子在河床上
滾來滾去
好像在尋找家
尋找老房子
尋找淚水與淚水間隔的班車

黑白照片讓你開心
裡面親吻的兩人讓你開心
一隻貓的獨照讓你開心
你哭了

你哭了
時序來到乾草的河邊
毛料衣裳羊毛大衣
你把我塞在口袋裡面
給予溫暖
給予異國的河流
給予梔子花
給予野獸折斷枯枝的聲音
給予遠方
一滴海水

讓你開心的是
一滴海水

4.

一滴海水
和很遠很遠

和你旅行後
寂寞就像散亂的行李箱裡面
住了幾隻倉鼠，沒什麼意義地活著，喫食
把寂靜的房間啃掉一半

和你旅行後
就想要有個孩子
等學會爬
就帶去海邊
讓他也是一滴海水

很遠很遠
我在行李箱裡面找到的就是這個而已

5,

就想要有個孩子
耳朵像白色狐狸
耳尖像白色貓趴在青草上
就想要為他拍張照
讓你看看
黑白色的底片上
有我
也有海

你的孩子
躺下來像是京都

眼睛都是四季
我看看你
又看看季節交替
想要將他抱入懷中
他吃著自己的拳頭
像是宇宙吃掉時間

木頭深色的床板
白色的被套與枕頭上
我張著眼
應該是醒著
孩子還在
還在四季裡面

我仍聽見他的笑聲

6.

我仍聽見你的笑聲
像是大手與小手
在睡醒後的床頭上
交疊

又像是去了日本觀光
你只想往前
往前拍張相
往回拍張我的相
想要拍我走路
想要拍我的手擺動到你的記憶裡面

你指尖把摺痕弄平
你試過好多次

寂寞仍在
相片裡的我好遠好遠

你仍聽見我的笑聲
在睡眠和甦醒之間輕輕交疊

7.

是日光把你喚醒
我還沒睜開眼睛
但是窗簾和夏日已經把時間帶進來

我轉頭
看見你日漸隆起的肚子
我稀奇生命
一如你稀奇命運

只有在某些特定時刻才能真正觸動你
像是陰天的海邊
一滴雨打在你的肚臍

是日光把你和我的影子交疊
你指著影子
說那是「我們」

8.

你跟平常一樣起床
煮咖啡，準備早餐
若無其事地看著怪手經過你的窗前
推開柵欄的手是我
跟你說今晨有事出門

你說
歡迎回家

9.

歡迎回家
床還是你習慣的樣子
沒有摺被
睡衣凌亂放在枕頭上

燈光是你習慣的樣子
書桌也是
合起來就是你的城邦
日出，堆疊的紙頁擠滿了人群
密麻的字母和方塊
有你喜歡的咖啡店

我在家等你
今天乾冷，我披著圍巾在家
擺了許多恐龍玩具
在窗台上面
想要誘捕流浪貓
給他更多食物好好過節

你的孩子在家
等你的時候已經學會爬樓梯
木頭階梯被弄得蹦蹦
陽光從樓梯轉角的中等窗子寄來
我在準備中飯的時候
以為是白色的鴿子

回家

1.

喜歡家裡
冰箱有你準備的綠豆湯
陽光、暖意，是我兩個孩子的小名

你說
剛從街上回來
買了小孩愛吃的薏仁、蓮子和白木耳
也順道幫我帶了
紅蘿蔔、蘋果、柳橙、白葡萄

日子平淡，口味也是

2.
後來的早晨你很開心
不再只是為了遠方
而凝視遠方
你的手上
有了溫暖的飲料
還有餐桌上
滿滿一盆五顏六色的生菜沙拉

以及乾淨的
灰色絨毛浴巾
在浴室裡面安穩地躺著
任憑上午陽光變化

而蓬鬆像沖澡後
吹乾的頭髮
而我
裹在棉被裡面

像是綠色草皮
近距離地看著每一根青草
草上的露水
反射著中午陽光

我和你
吃著三明治

3.
從車窗看出去

工業區

閉上眼睛，旅途使你想睡
巨大的廢棄工廠在陰雨之中
路邊簡陋小屋在霧氣之中
雨刷左右規律擺動
車子在回家路上

閉上眼睛
第一個想到的是
熱巧克力

回家路上
古典音樂台讓你更加昏沉
車窗雨滴讓對向來車的燈光
不規則散落在不遠的暗暝。

餓了
第一個想到的是
我煮的蔬菜牛肉湯

4,
在等我們的
是要烤好的餅乾
覆盆子甜食
熱茶和熱咖啡
我加快腳步
雙手在口袋還是很冷
經過麵包店買了一個穀類麵包
在轉角等你
經過的時候

剛好看見對街煙囪冉起
溫暖的顏色
配上陰雨的背景
層次細微，像是 3H 和 HB 鉛筆的交會
對你來說
我就是白紙與筆尖摩擦的聲音
你愛我被小刀削過的樣子
你愛我被你擦去的樣子

在等你
孩子拿好故事書
等你來蓋被子
我脫下眼鏡揉了揉眼
換了一首音樂
暫時離開房間

5.

把廚房窗戶打開
煮水，要弄義大利麵
等待時，捲一根菸
看你回來
在上午快要消逝之前
紅色番茄和蘑菇讓你看起來很好

把香料的葉子切碎
你的手在沙拉盆裡面
試著橄欖油的多寡
拿一片菜葉
放進我嘴
你的眼睛

反射著窗外的銀灰色光線
中午的氣息很接近你喜歡的香水味
你背影、你頸項、你耳垂
都在告訴我說
還需要擠半顆的萊姆
四隻手攪拌著蔬葉和鮭魚，橄欖油膩膩

我在等溫柔的你

清晨，你來，帶著漿果般的青春
專注聽著小湯匙碰撞杯子聲
輕聲喚著時間
回餐桌用完早餐

我在等溫柔的你，在等細緻的愛。
每日，作一個好夢
山上小屋

你是一片四季分明的院子
醒來就是春天
睡著就是冬天

Dear

Dear

此刻天氣欲雨，我煮好了一碗熱奶茶，接近上午十點四十。
我會開始想像在屋子裡面，妳也在廚房和我說話的聲音。
窗戶外，我看見披上大衣的隔壁住戶，他們將脖子縮在圍巾裡面，
我想像著他們行走經過時，看到我廚房內鵝黃的燈火，
會不會使他們也產生家的意念呢？

妳說，我擁有的妳，是很不得了的那部分。
妳問，為什麼我想要擁有妳的全部。
妳又問，擁有是什麼。
妳說，妳會很認真。

妳給我的音樂我聽了。
Beethoven, Symphony 9, 3rd movement (complete), Adagio molto e cantabile,Philharmonia Baroque

而這是我要給妳的音樂，我昨天聽了一整晚入眠，今天也在這音樂中醒來。
Keith Jarrett Trio - Smoke Gets In Your Eyes

Dear

或許我要的擁有，是當妳對我笑的時候，
妳的心是溫暖的。
而我可以堅定地看著妳，妳也專注地看著我。

國家圖書館出版品預行編目（CIP）資料

濫情詩 / 莊東橋著 . -- 初版 . -- 新北市 :
斑馬線出版社 , 2021.11
面； 公分

ISBN 978-986-06863-8-8（平裝）

863.51 110018149

濫情詩

作　　者：莊東橋
總 編 輯：施榮華
封面設計：MAX

發 行 人：張仰賢
社　　長：許　赫
出 版 者：斑馬線文庫有限公司
法律顧問：林仟雯律師

斑馬線文庫
通訊地址：234 新北市永和區民光街 20 巷 7 號 1 樓
連絡電話：0922542983

製版印刷：龍虎電腦排版股份有限公司
出版日期：2021 年 11 月
ISBN：978-986-06863-8-8
定　　價：280 元